POLLY 폴리

파브리스 멜키오 글 이자벨 프랄롱 그림 이정희·강아름 옮김

이 하늘은 너를 위한 모자가 될 수 없을 거야

엄마와 아빠는 아이의 성별을 미리 알고 싶어 하지 않았다.

엄마와 아빠가 아홉 달 동안 사람들에게 한 말이다. 모르는 채 기다리는 것이 더 나은 결정인지는 확신할 수 없었다. 기쁨과 불안, 두려움과 행복, 당혹감과 자신감… 분만실에서는 온갖 감정들이 뒤섞였다. 무엇보다 기대감이 가장 컸다.

폴리가 세상에 나온 그 순간, 폴리는 아직 폴리라고 불리지 않았다.

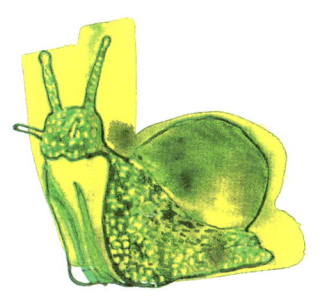

폴리는 특별한 성기를 가지고 태어났다. 그것은 남자의 성기도 아니고 여자의 성기도 아니었지만, 동시에 남자의 성기이기도 하고 여자의 성기이기도 했다.

귀염둥이, 보물, 우리 왕자님, 우리 공주님, 외계인, 아기, 아가, 애기, 사랑하는 아가, 강아지, 곰돌이, 아기 고양이…. 폴리는 폴리가 되기 전 별명이 많았다.

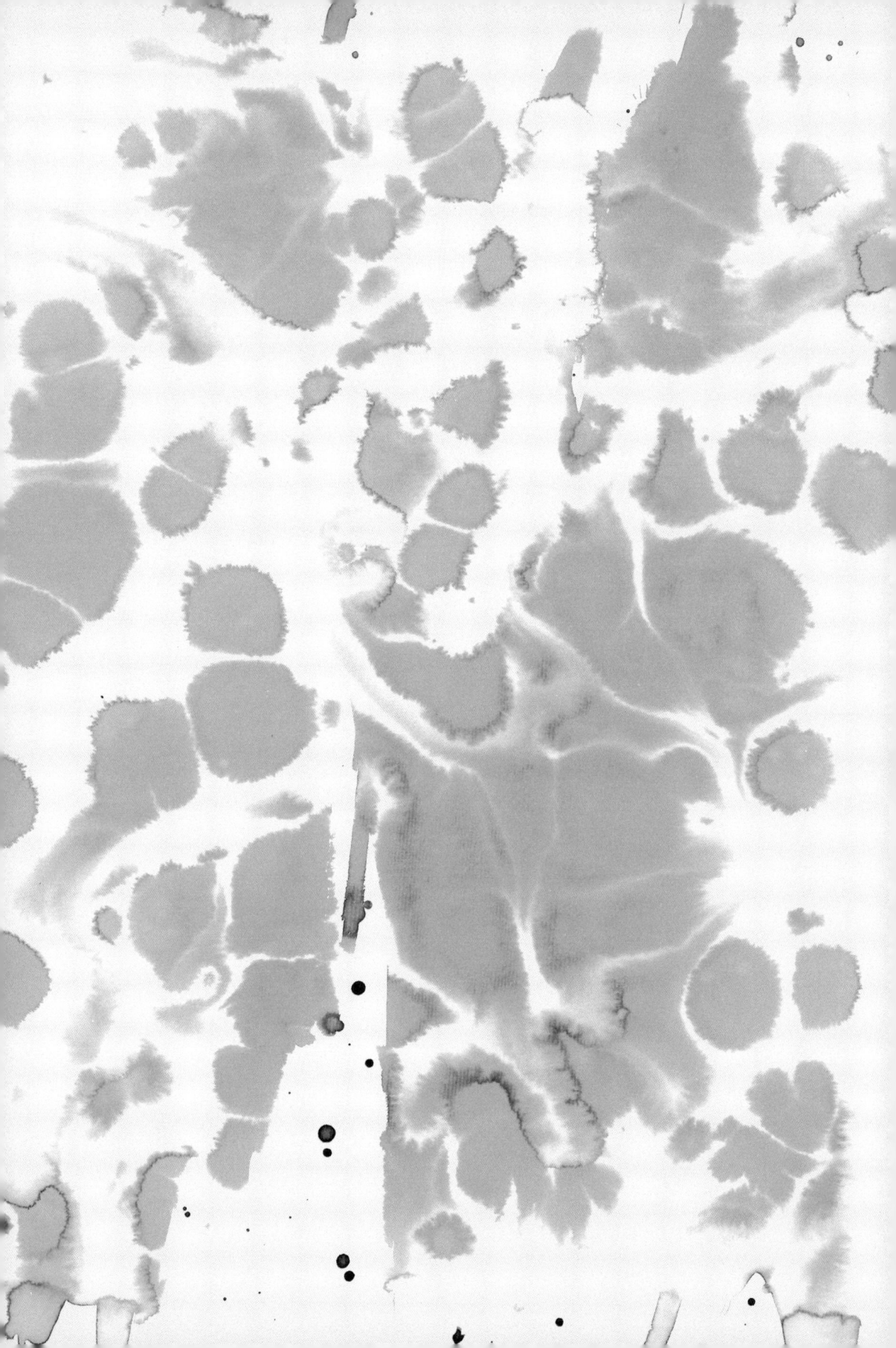

최면에 걸린 채 눈을 뜨게 될 거야

첫 진단이 무겁게 내려졌다. 무쇠 종이 엄지발가락에 떨어지듯이.

남자아이로 갑시다. 남자로 해요. 아이의 인생을 생각한다면 남자가 낫지 않아요? 남자는 더 강하고 자유로우니까. 스스로를 더 잘 지킬 수 있고, 인생에서 성공할 확률도 높잖아요. 그러니 남자!

친척과 이웃, 친구 들이 아기 침대 앞에 모였다.

폴리의 성기는 너무 작고 수수께끼 같아서 사람들의 눈길을 끌었다. 의사, 심리학자, 가까운 친구, 폴리를 아끼는 사람들 모두가 입을 모아 말했다. 이건 너무 이상하다고, 더 명확히 하지 않으면 안 된다고, 폴리를 위해 선택을 해야 한다고….

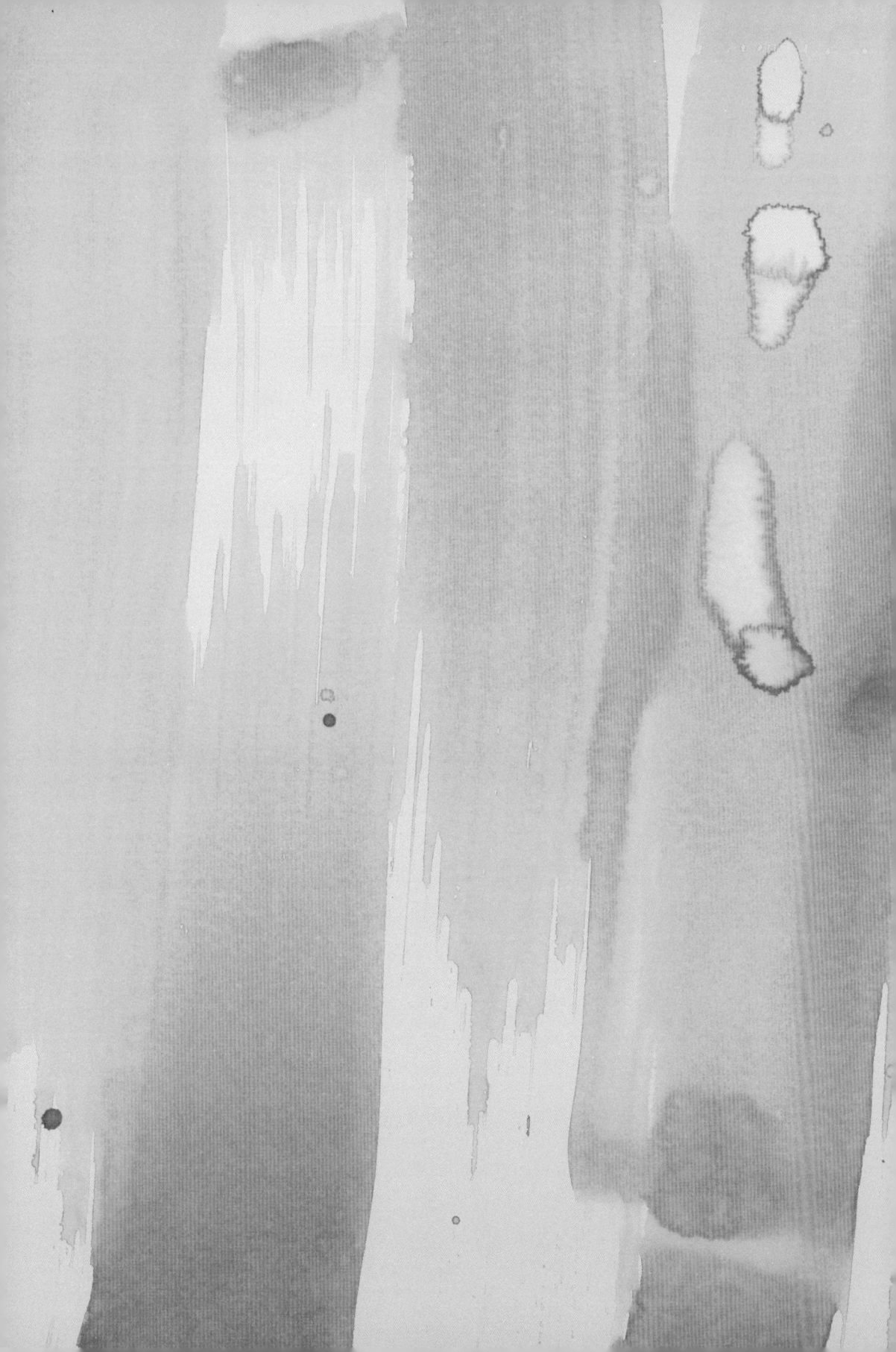

이제 수색이 시작될 거야

폴리를 처음 본 사람들은 의아한 표정을 짓는다. 그러고는 폴리를 한참 동안 쳐다본다. 왜냐하면 우리는 구분하고, 정의하고, 분류하고, 결정하고, 정리해야만 하는 세상에 살고 있으니까. 그러나 이 단어들은 작은 물고기처럼 폴리의 손가락 사이로 빠져나간다.

폴리를 본 사람들은 말한다. 이 아이는…   평범하지 않군요.

이 아이는…   너무 달라요.

이 아이는…   대체 뭔가요?

나는 그 인형을 시몬이라고 불렀어.
이 말이 좋았거든.

*길을 떠나자, 시몬!(En voiture, Simone!)
프랑스권에서 '가자' '떠나자'라는 의미로 흔히
쓰는 관용어다. 직역하면 '자동차로, 시몬!'

네 분노를 숨기게 될 거야

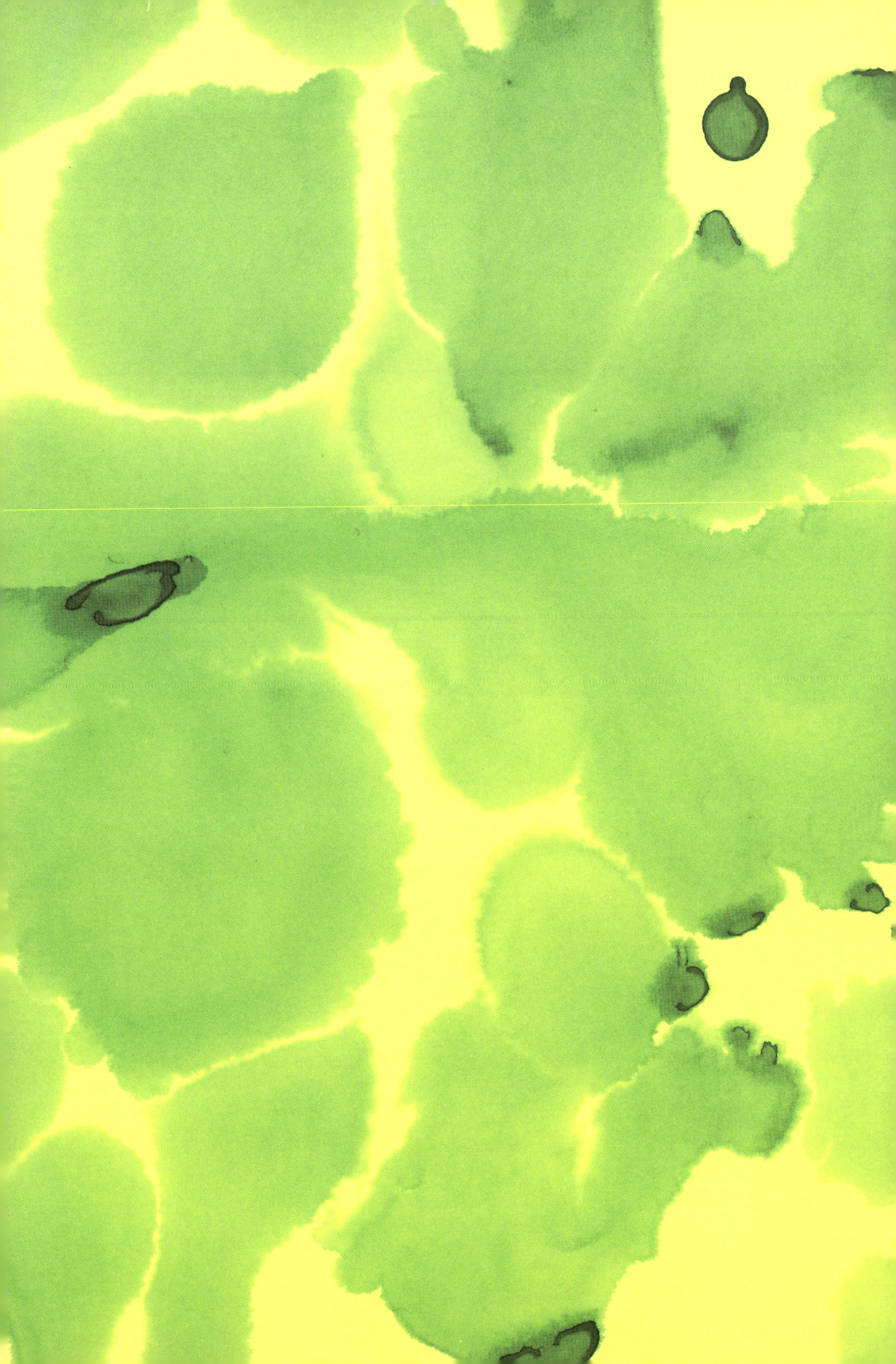

폴리 같은 아이를 우리는 인터섹스라고 한다. 그건 소녀도 소년도 아니라는 뜻이지만 동시에 소년이면서 소녀라는 뜻이기도 하다. 소녀와 소년, 그 사이에 작은 틈이 있다. 또 하나의 독립된 공간, 불분명하면서도 아주 명확한 공간이다.

한 시간 뒤, 마당에서 놀던 두 아이는 흙이랑 풀, 산딸기 즙으로 엉망이 되었다.

세상은 구분하고, 정의하고, 분류하고, 결정하고, 정리한다. 세상은 오류나 이해할 수 없는 것들을 싫어한다. 세상은 그런 것들을 고치려고 한다.

잠들 수 없는 날들이 많아질 거야

비행선을 타고 사라지고 싶을 거야

첫 번째 수술은 세 시간 반이 걸렸고, 두 번째 수술은 조금 짧았다.
그리고 세 번째 수술은 네 시간 반이 걸렸다.

검은 샘물의 자리를 하나씩 옮기게 될 거야

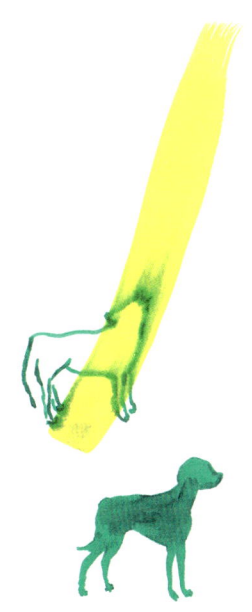

어린 시절, 폴리와 사랑에 빠진 아이는 없었다. 그건 익숙한 숲을 벗어나 새로운 곳으로 들어가는 것과 같았으니까. 그곳에서는 길을 잃을 수도 있고, 어떤 일이 벌어질지도 몰랐다. 아니, 아니! 거긴 가지 마. 그냥 여기 있어. 우리가 잘 아는 이 숲에 말이야. 폴리의 학교 친구들은 나쁜 애들은 아니었다. 폴리는 남자애들과도 어울렸고, 여자애들과도 어울렸다. 폴리가 조금 다르다는 것은 분명했지만, 그건 아이들에게 별문제가 되지 않았다. 단지 특정 주제에 관해 이야기할 때 이렇게 말하곤 했다. 폴리는 아마 관심 없을 거야.

행복이 네 발목을 잡을 거야

십 년 동안 폴리는 세 달에 한 번씩 병원에 갔다. 의사나 간호사와는 농담도 주고받는 사이가 되었다. 폴리는 두통 때문에 힘들어했고, 약을 먹었다. 잠을 잘 자지 못했고, 약을 더 먹었다. 그리고 열다섯 살이 되었을 때, 폴리는 여섯 시간이나 수술대 위에 누워 있었다. 폴리의 인생에서 가장 힘든 수술이었다.

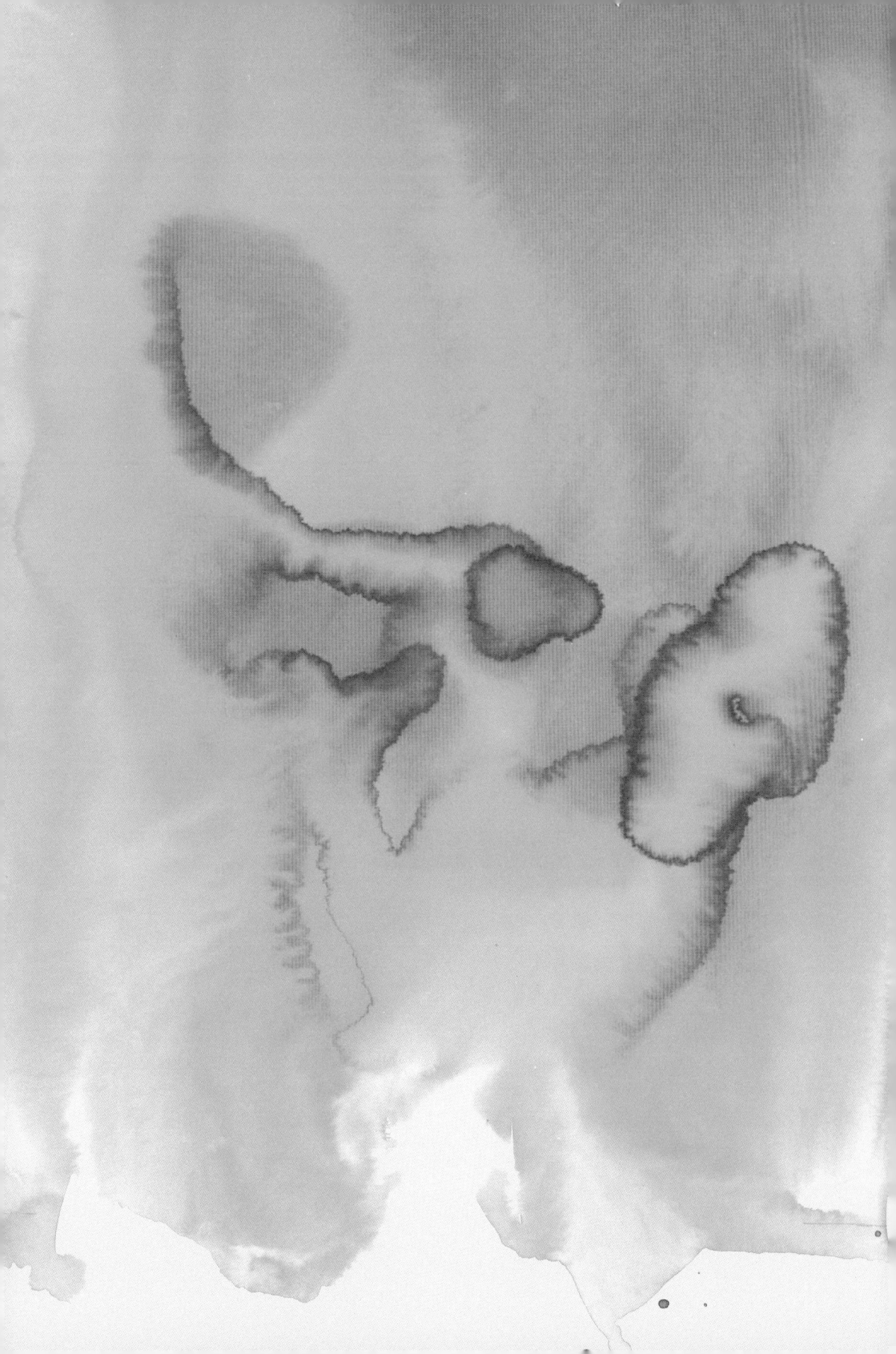

네 꿈은 멀고 아득하게 느껴질 거야

폴리는 붕대를 풀었다. 폴리의 배에 난 흉터를 본 엄마와 아빠는 눈물을 흘렸다.

왜 울어요?

거울을 멀리하게 될 거야

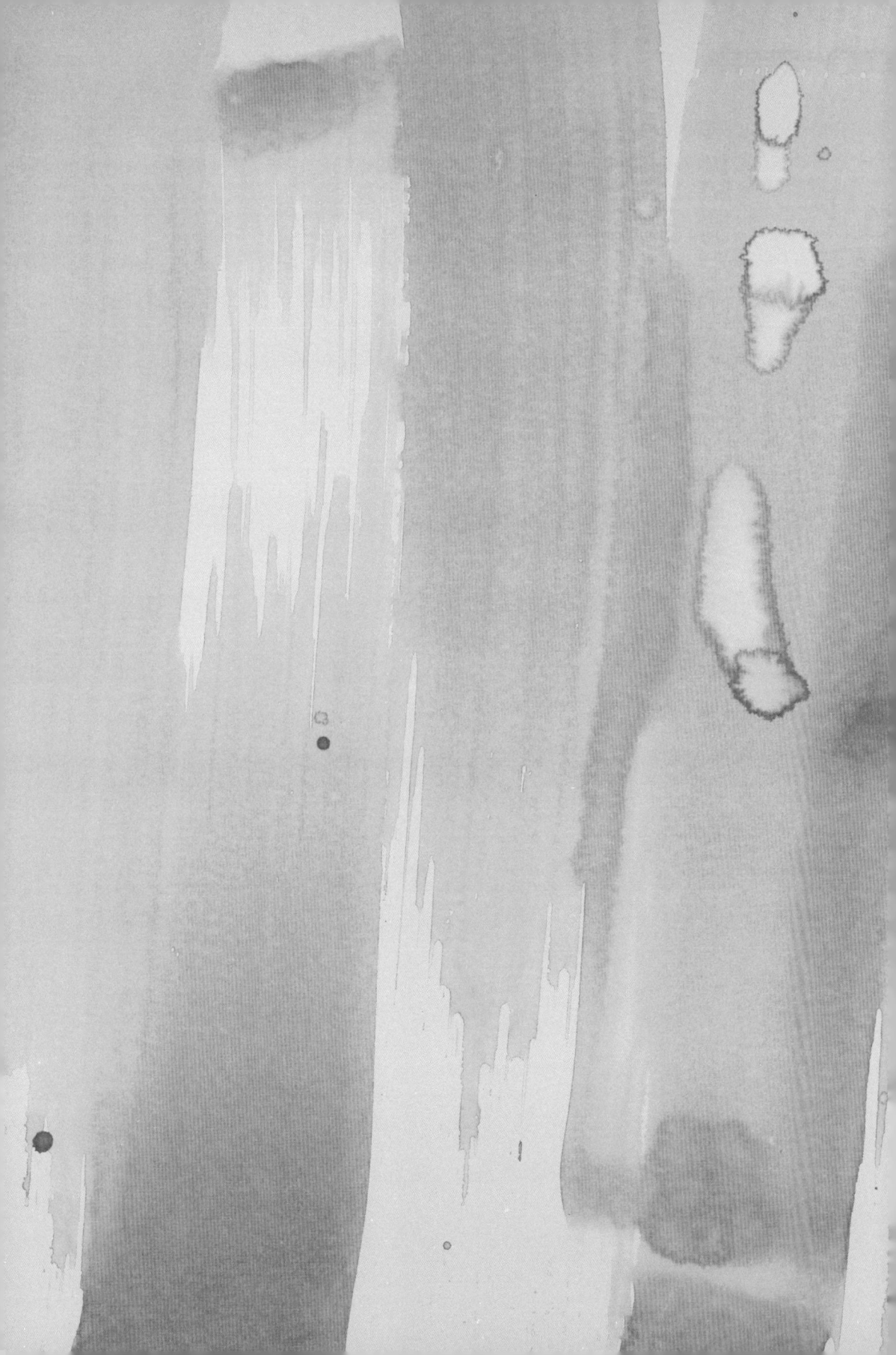

작은 것에서 기쁨이 자라나는 소리를
듣게 될 거야

스무 살, 폴리는 성인 남자가 되어가고 있었다. 진짜 남자, 그것도 무척 잘생긴 남자. 폴리는 연인들이 주고받는 달콤한 손길을 알 나이가 되었다. 열정적인 키스, 벗겨진 옷, 서로를 향한 강한 끌림…. 그러나 폴리는 아직 그런 것들을 잘 알지 못했다. 누구도 폴리를 사랑하지 않았다. 어떤 소녀도, 어떤 소년도…. 그러던 어느 토요일 오후 5시, 폴리에게도 기회가 찾아왔다. 폴리는 벽에 등을 기댄 채 지나는 사람들을 보며, 머릿속에 남아 있는 분노의 흔적을 걷어 내려 애쓰고 있었다. 폴리는 가볍게 보이고 싶었지만 그럴 수 없었다. 폴리는 입술을 깨물었다. 오래된 버릇이었다. 완벽한 순간은 아니었지만, 스무 살의 폴리에게 삶은 누군가를 보내 주었다.

기회를 쉽게 잡을 수는 없을 거야

나무 아래에서 루이종과 폴리는 사랑을 나누기 위해 애썼다.

방에서도.

다른 방에서도.

공원에서도.

폴리의 부모님 집에서도.

루이종의 엄마 집에서도.

루이종의 아빠 집에서도.

루이종의 새엄마 집에서도.

루이종의 새아빠 집에서도.

그렇지만 결국 잘 되지 않았다.

네 안의 작은 속삭임을 따르게 될 거야

루이종은 마지막 말을 남기고 떠났다. 넌 사랑이 필요하지 않아. 세상은 구분하고, 정의하고, 분류하고, 결정하고, 정리한다. 폴리는 창가에 서서, 자기 배에 난 흉터를 바라보았다. 또다시 폴리의 머릿속에 물음이 떠올랐다. 이 안에서 무슨 일이 일어났던 걸까? 엄마의 배 속에 있을 때 무슨 일이 일어났던 걸까? 부모님이 사랑을 나누던 그때 무슨 일이 일어났던 걸까? 폴리가 세상에 생겨난 그 심연을 알 수 없는 순간에서부터 홀로 빗속을 걷고 있는 지금 이 순간에 이르기까지, 그 긴 여정에서 폴리에게 대체 무슨 일이 일어났던 걸까? 목요일, 거리의 상점들은 문 닫을 준비를 했다. 사람들이 저녁을 먹으러 떠난 빈 거리를 네온 불빛만이 채우게 될 것이다.

폴리는 밖으로 나갔다.

그리고 부모님 집을 향해 무작정 걸었다.

이제 그만하시라고요!
제발 절 그렇게
쳐다보지 마세요.
엄마 아빠의 그 눈 말이에요.
그 눈이 삽이 되어 제 안에
구멍을 파고 있다고요.
모르시겠어요? 저는 아무
말도 못 하고 그 구멍
안에 누워 있어요.
지금까지 말이에요. 제가 왜
멀리 떨어진 곳에 사는지 아세요?

두 분이 제가 이 집에 사는 걸 원치 않으니까요. 눈앞에 없었으면 하니까요. 마음 편하게 잠들고 싶어 하니까요. 그래서 시내에 집을 구한 거예요. 그렇지만 전 여기 있어요! 여기 이렇게 있다고요! 다시 한번 말할게요. 제발 제 말을 들어주세요. 전 남자가 아니에요!

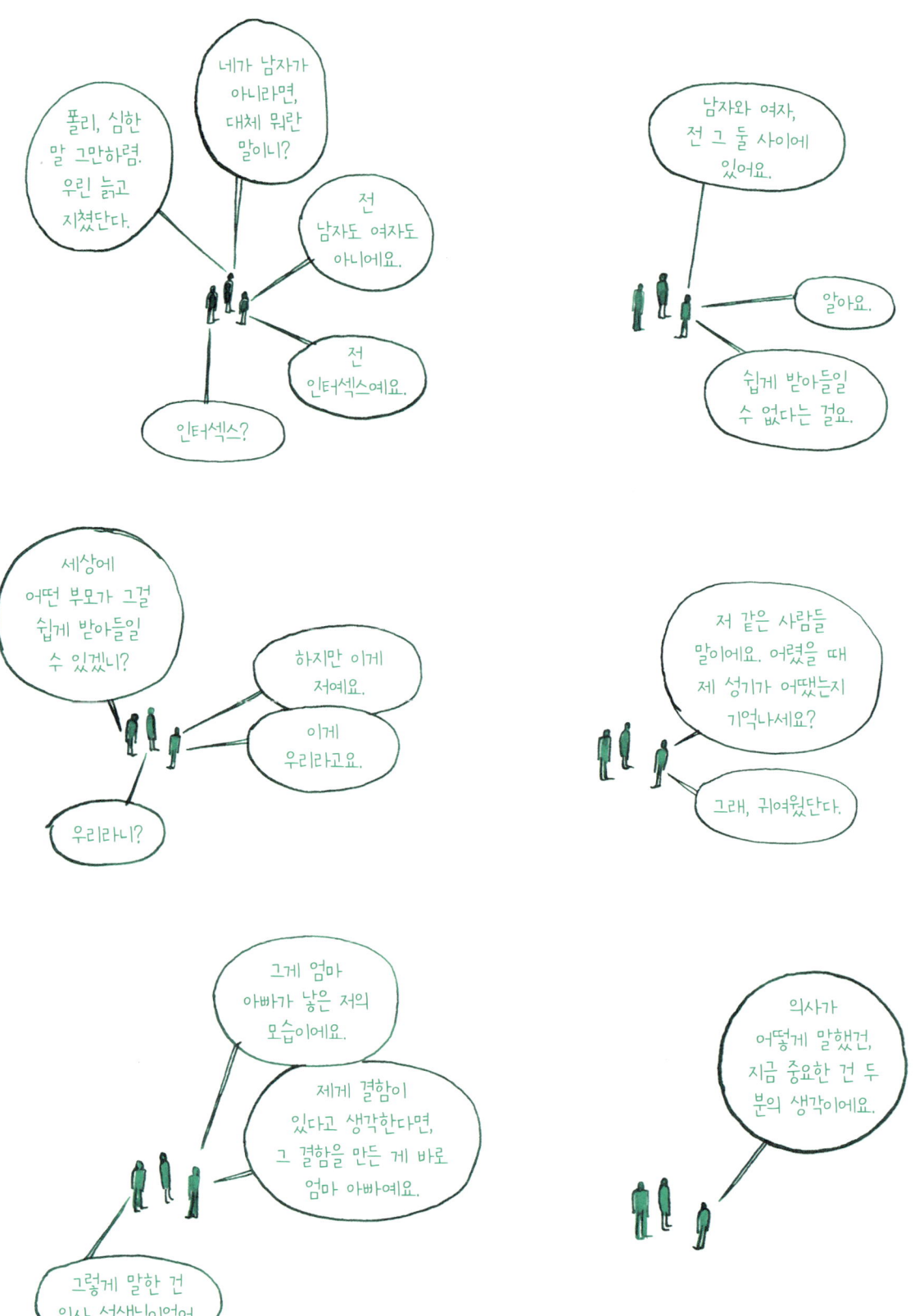

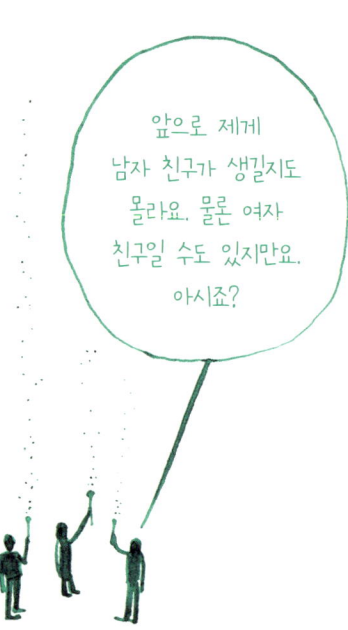

엄마와 아빠는 폴리를 바라보았다. 입술을 깨물었다. 손톱을 물어뜯고, 이마의 땀을 닦았다. 그리고 와인을 마셨다. 잔을 비우고, 두 번째 잔을 채웠다. 괜찮아, 폴리. 넌 우리의 폴리야. 우리 딸이면서 아들인 폴리. 우린 곧 익숙해질 거야. 완벽해.

폴리는

 다른 존재다.

속박 속에서도 네 심장은 뛰게 될 거야

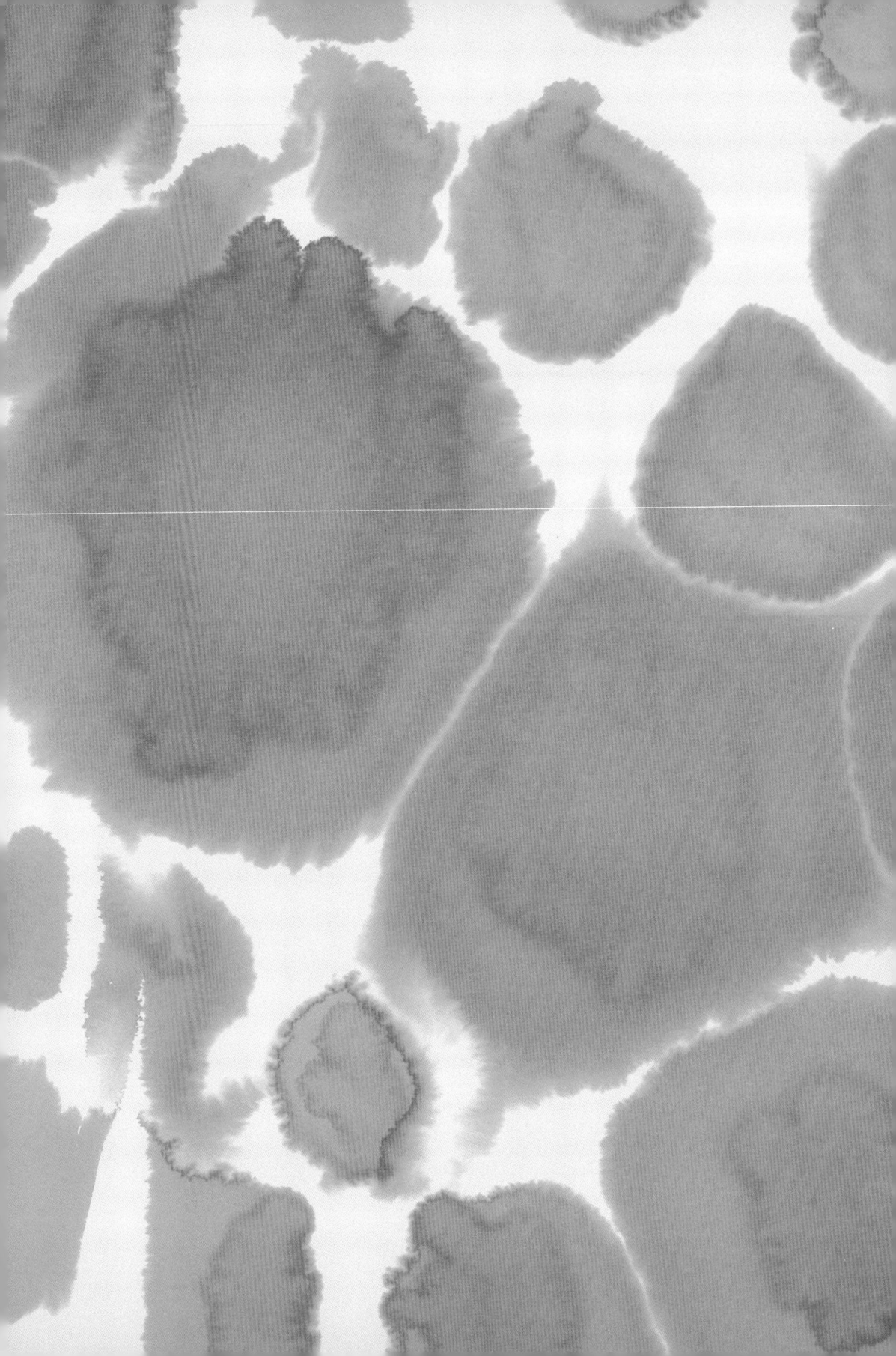

폴리는 무거웠던 마음을 조금 내려놓았다. 큰 진전이었다. 하지만 시작에 불과했다. 폴리는 여전히 다른 이들과 섞이기 힘들었다. 폴리가 있어야 할 자리는 아직 제대로 정의되지 않았다. 수많은 이름 사이에서 폴리의 이름은 여전히 읽히지 않았다. 폴리의 존재는 우리가 날마다 먹는 샐러드 잎에 묻어 있는 흙 같았다. 어디에도 쉽게 녹아들지 못했다.

대학 졸업 후, 폴리는 다른 이들과 마찬가지로 일자리를 찾아 나섰다. 취업은 누구에게나 힘든 일이었지만, 폴리에게는 더욱 힘든 일이었다.

폴리는 잦은 거절과 끊임없는 굴욕, 면접관의 차가운 얼굴을 떨쳐내기 위해 보드카를 마셨다.

공장 직원, 백화점 매니저, 캠핑장 안내원 등 폴리는 다양한 일에 지원했고, 수많은 면접을 보았다. 매번 체크하지 않은 성별에 관한 질문이 따라왔다.

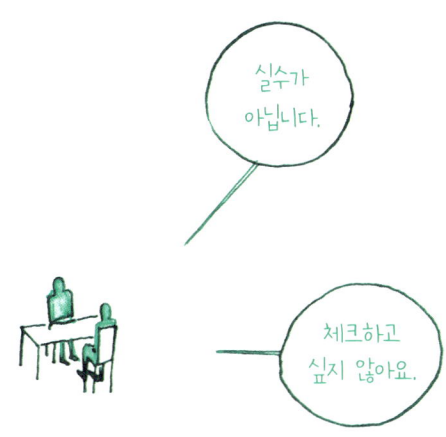

비어 있는 성별 상자, 그곳에는 폴리의 들리지 않는 비명이 가득 차 있었다.

폴리에게는 친구가 있었다. 폴리에게는 연인이 있었다. 그러나 오래가지 않았다. 폴리는 외출을 했다. 폴리는 외출을 하지 않았다. 폴리는 오랫동안 외출을 하지 않았다. 그러다 다시 나가기로 마음먹었다. 폴리는 일주일에 한 번씩 부모님을 만났다. 몇 주 동안 안 볼 때도 있었다. 폴리는 극장에 가서 연극을 보았다. 폴리는 가벼운 코미디 쇼를 좋아했다. 폴리는 잘 웃었지만, 극장을 나서면 다 잊어버렸다.

어느덧, 폴리는 서른 살이 되었다. 배에 난 흉터도 희미해졌다. 폴리는 여러 직업을 거쳤다. 가끔은 해고되기도 했고, 가끔은 스스로 그만두기도 했다. 폴리의 옷장에는 리넨 양복, 미니스커트, 무늬가 화려한 셔츠, 단색 블라우스, 중절모, 긴 원피스, 반짝이는 스키니 진, 에나멜 더비 슈즈가 있었다.

저녁이 되면 폴리는 창가에 서서 도시를 내려다보았다. 거리와 표지판, 지나는 사람들 위로 어둠이 깔리기 시작했다. 폴리가 가장 좋아하는 시간이었다. 개와 늑대의 시간* 어떤 밤에는 자기가 여자처럼 느껴지기도 했고, 또 어떤 밤에는 남자처럼 느껴지기도 했다. 세상에는 다양한 사람이 있었고, 다양한 존재가 있었다. 폴리는 자신과 닮은 것들을 떠올려 보았다.

*해가 지고 어스름해질 때를 일컫는 프랑스어 표현. 멀리서 다가오는 짐승이 개인지 늑대인지 구별하기 힘든 시간이라는 뜻이 담겨 있다.

난 숲에 사는 늑대를 생각해. 어떤 늑대는 자기가 개처럼 온순해지는 것을 느끼고, 정말로 그렇게 될까 봐 두려워하고 있을지도 몰라. 또 어떤 개는 자기 턱에서 날카로운 늑대의 송곳니가 자라나는 것을 느끼고 있을지도 모르지. 세상에는 들꽃이 되지 못해 아쉬워하는 나무도 있을 테고, 나무의 견고한 기둥을 부러워하는 들꽃도 있을 거야. 난 헤르메스와 아프로디테의 아들 헤르마프로디토스도 생각해. 헤르마프로디토스는 눈부시게 아름다웠고, 그런 그를 사랑했던 물의 요정 살마키스는 그를 꼭 껴안고 신에게 기도했어. 그와 영원히 함께하게 해 달라고 말이야. 그렇게 둘은 한 몸이 되었고, 헤르마프로디토스는 남성이면서 동시에 여성인 존재가 되었어. 나는 지렁이*, 개구리*, 거북*을 생각해. 암컷으로 태어나 40년을 살다가 수컷이 되어 생을 마감하는 물고기 그루퍼*도 생각해. 나는 혼자가 아니야.

*지렁이. 암수 생식 기관을 동시에 가진 암수한몸이다.
*개구리와 거북. 알이 부화할 때 주변의 온도에 따라 성별이 결정된다.
*그루퍼. 바리과 어류로 성전환을 하는 물고기 가운데 하나다. 어류의 성전환은 꽤 흔한 현상이다.

폴리는 옷을 벗고, 자기 몸을 거울에 비춰 보았다. 아름다우면서도 못생긴, 특별하면서도 평범한 자신의 몸을. 배에는 흉터가 있었다. 폴리는 언제나 잠을 잘 자지 못했다. 왼쪽으로 누웠다가, 오른쪽으로 눕고, 등을 대고 누웠다가, 배를 대고 엎드렸다. 끊임없이 뒤척이는 밤들이 이어졌다.

넌 사랑하고, 사랑받기에 충분한 사람이야

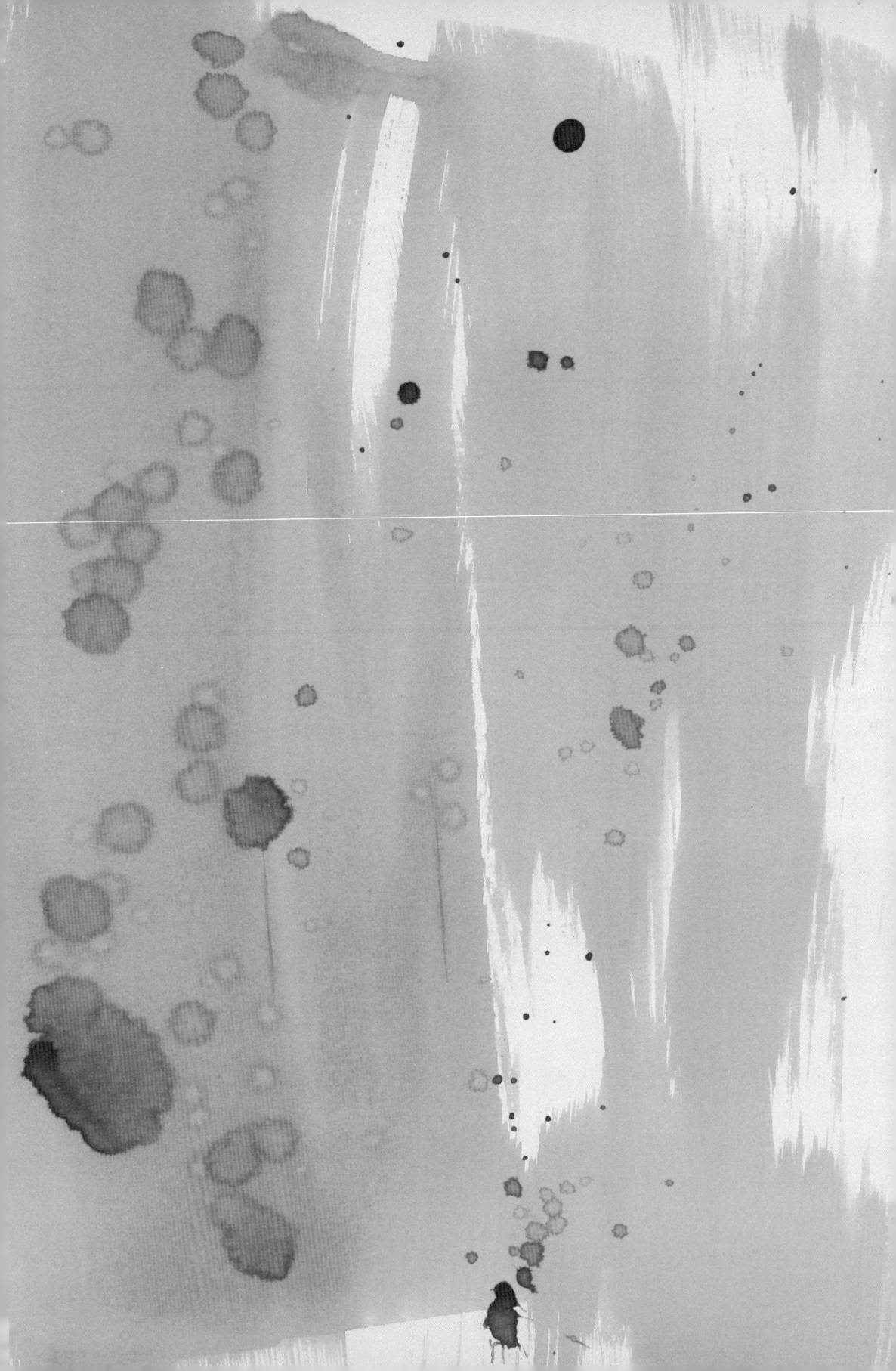

마침내, 폴리는 모든 것을 웃어넘기게 되었다. 폴리는 스스로 무리를 만들었다. 폴리가 자신의 무리였다. 사랑의 진실 따위는 신경 쓰지 않았다. 사랑하지 않으면 되니까.

폴리는 도시를 가로지르는 강을 따라 걸었다. 폴리와 마주친 사람들은 폴리가 여자인지 남자인지 헷갈려 했다. 당황하는 사람도 있었고, 폴리가 그저 아름답다고 생각하는 사람도 있었다.

폴리는 한 광장의 벤치에 앉았다. 광장의 중앙에는 볼품없어 보이는 참나무가 한 그루 있었고, 그 옆으로 작은 천막도 하나 보였다. 비닐봉지, 휴대용 버너, 쇼핑 카트들이 어지럽게 널려 있었다. 그곳은 티 마나의 집이었다.

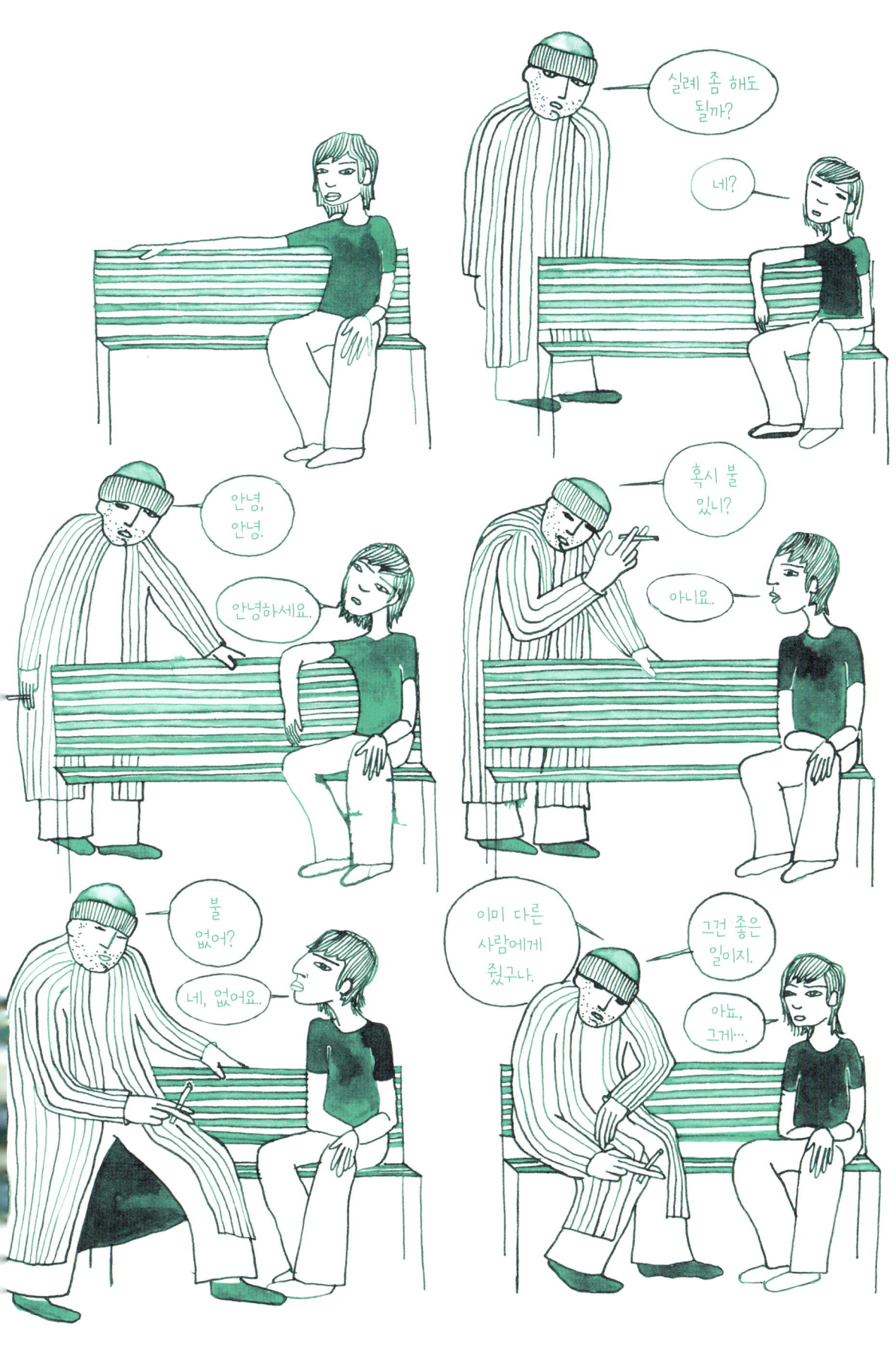

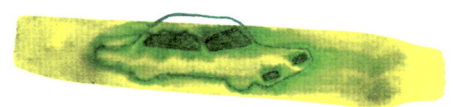

티 마나의 말을 듣던 폴리는 어린 시절 자신이 좋아했던 표현들이 떠올랐다.
시간을 아끼다. 시간을 잃어버리다. 시간을 죽이다. 길을 떠나자, 시몬!

폴리는 그렇게 했다. 확신과 분노를 가지고. 혼란스러운 감정이 들기도 했지만, 그런 감정은 금방 사라졌다. 시계는 학살당했다.

일단 차를 하나 구해. 그러고 나서 시몬을 찾은 다음, 둘이 함께 도로를 달려. 바다를 보러 가는 거야. 안 될 거 없잖아? 바다는 멀리 있지 않으니까. 혹시 바닷가에서 뒤로 넘어진 거북을 본다면 뒤집어 줘. 그 친구는 네 연민의 누이이자 자매니까. 내일 돌아와. 시간을 잃어버리고 나서 말이야. 한 잔의 물에 빠져 허우적대다가* 죽기 직전 구출되었을 때, 귀에 벼룩이 생겼을 때,* 누군가의 발목에 너를 대보고* 네가 작다는 것을 깨닫기 전에 돌아와. 혀끝에서 맴돌던 단어를 찾았을 때 돌아와. 그 단어가 뭐였는지 내게도 말해 주렴. 경기장에서 자유로운 심판*을 만나. 그리고 함께 한잔하러 가. 친구 중에 자유로운 심판 하나쯤은 있어야지. 아니면 인생 망한 거야. 돌아와. 늑대 앞에 몸을 던지고 나서.* 동물원에 있는 늑대는 진정제에 취해 있을 테니 좀 쉬울 거야. 오늘 밤은 깊이 잠들면 안 돼. 경계를 늦추지 마. 버섯을 눌러 봐.* 버섯은 싸고 흔하니까. 가까운 숲에서 찾아도 돼. 그냥 눌러 봐. 무슨 일이 일어나는지. 문제의 핵심이 뭔지 봐야 해. 그렇지 않으면 모든 건 끝이라네, 내 친구 폴리.

*한 잔의 물에 빠져 익사하다(se noyer dans un verre d'eau). '사소한 일로 크게 좌절하다'라는 뜻을 가지고 있다.
*귀에 벼룩이 생기다(avoir la puce à l'oreille). '의심이 들다' '걱정이 되다'라는 뜻을 가지고 있다.
*누군가의 발목에 미치지 못하다(ne pas arriver à la cheville de quelqu'un). '누군가에 비해 열등하다'라는 뜻을 가지고 있다.
*자유로운 심판(libre arbitre). '자유 의지' '자유로운 판단'이라는 뜻을 가지고 있다.
*늑대의 입 앞에 몸을 던지다(se jeter dans la gueule du loup). '위험한 일에 스스로 뛰어들다'라는 뜻을 가지고 있다.
*버섯을 누르다(appuyer sur le champignon). '속도를 높이다' '서두르다'라는 뜻을 가지고 있다. 옛 자동차의 가속 페달이 버섯을 닮은 것에서 유래되었다.

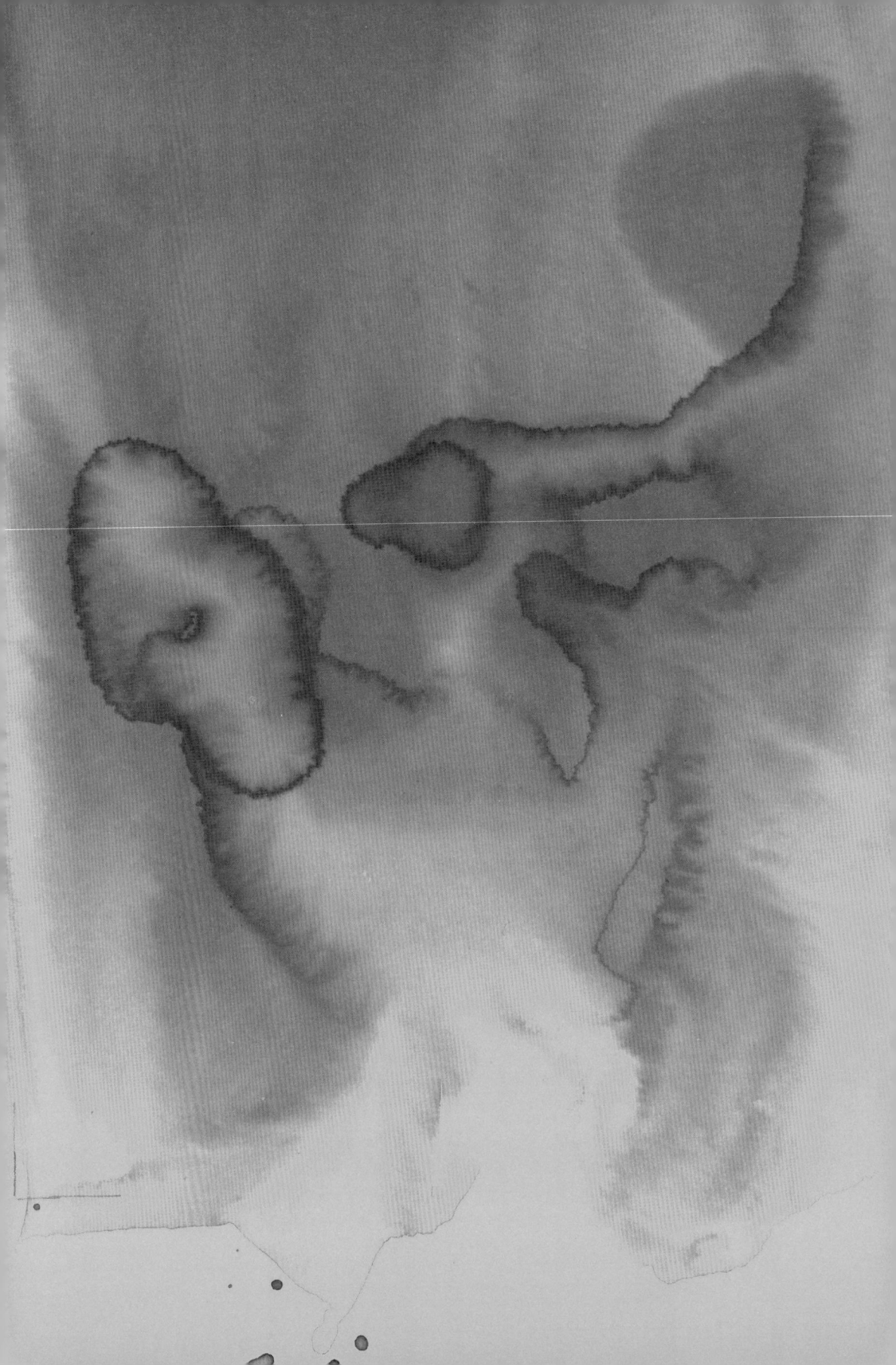

그이의 이름은 폴리다. 폴리는 도시의 거리를 걷는다. 말이 가진 의미를 그대로 따르는 일은 고통스러웠다. 티 마나는 말했다. 말을 할 줄 모르는 사람처럼. 폴리는 다른 사람이 원하는 사람이 되지 못해 괴로웠다. 폴리는 지금 얼굴을 담글 한 잔의 물을 찾고 있다. 길가에서 벼룩을 찾고 있다. 플랑크톤처럼 경기장 주변을 서성이며 자유로운 심판을 찾고 있다.

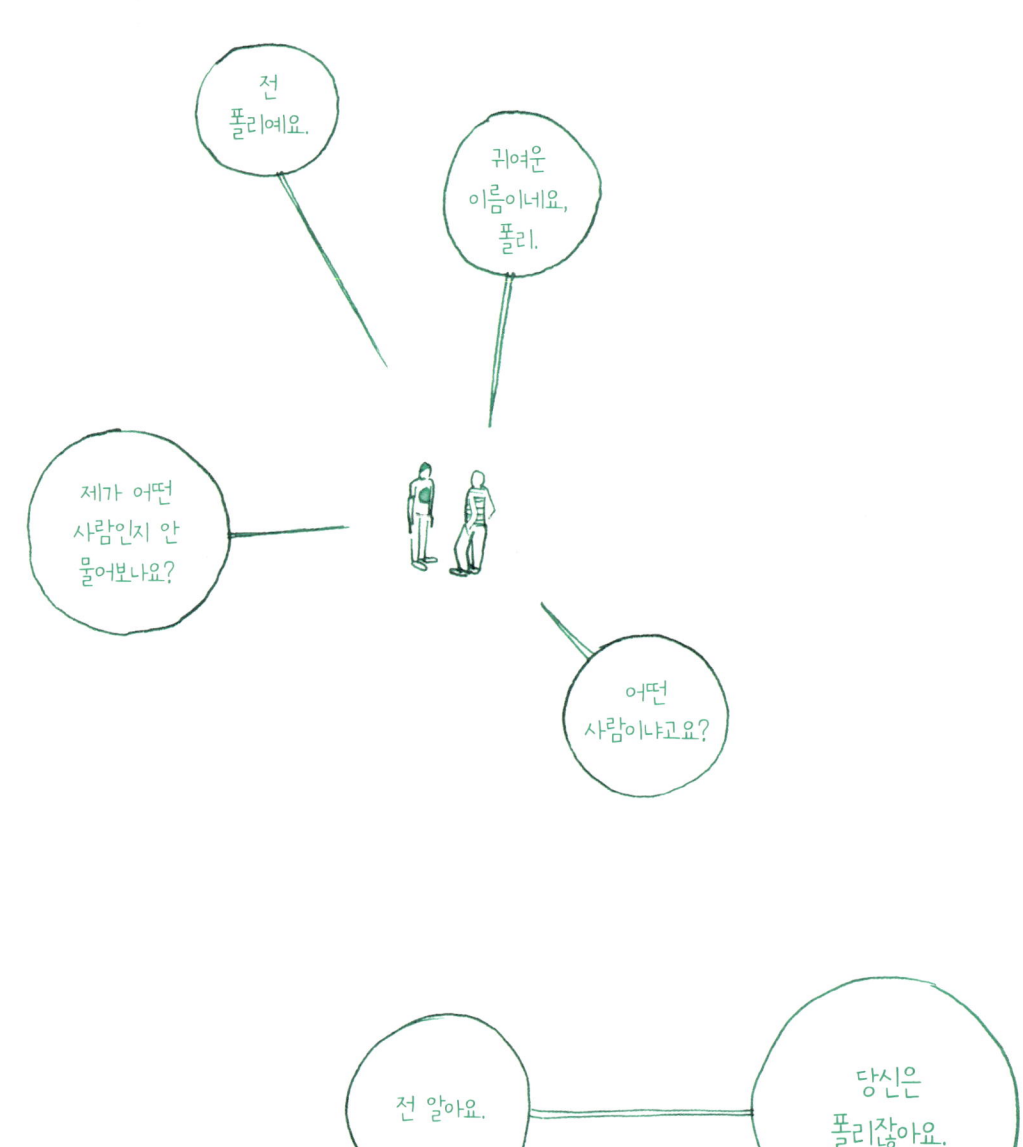

경기장 밖, 먼지 묻은 컵과 김빠진 탄산음료가 쌓여 있는 매점 근처에서 폴리와 심판이 만났다. 자유로우면서도 완전히 자유롭지 않은 채로 그렇게 둘이. 비가 내리기 시작했다. 폴리가 말했다. 안녕, 잘 가요. 내일 만나요, 자유로운 심판 에르베.

폴리는 떠다닌다, 아름답게.

폴리는 떠다닌다, 불확실함 속에서, 고정된 정체성 없이.

그이는 폴리다. 여자인 폴리, 남자인 폴리, 둘 다이기도 한 폴리. 폴리는 세상의 말에 들어맞지 않았다. 폴리는 다만 폴리라는 말에 들어맞을 뿐이었다. 수많은 시도에도 불구하고 한 잔의 물에 빠지지 못한 절망적인 미소를 띠며.

폴리는 걸으며 심판이 한 말을 생각한다. 생각하고 또 생각한다. 폴리가 여자인지 남자인지 묻지 않은 채 한 말, 성별 박스에 체크하라는 요구를 하지 않은 채 한 말.

나는 내일 자유로워요.

늑대가 개가 되고, 개가 늑대가 되는 밤이었다. 폴리는 도시의 거리를 걷는다. 주머니에 손을 넣은 채. 손톱에는 매니큐어가 칠해져 있다. 폴리는 집으로 가지 않고 계속 걷는다. 가벼운 마음으로. 폴리와 마주친 사람들은 의아한 표정을 짓는다. 그리고 오랫동안 폴리에게서 눈을 떼지 못한다.

우리는 구분하고, 정의하고, 분류하고, 결정하고, 정리해야만 하는 세상에 살고 있다.
그러나 이런 단어들은 작은 물고기처럼 폴리의 손을 빠져나간다.

파브리스 멜키오
프랑스의 극작가이자 연출가. 1972년 사부아주에서 태어났다. 40여 편이 넘는 희곡을 발표했고, 어린이와 청소년을 위한 작품도 꾸준히 출판하고 있다. 아카데미 프랑세스상을 비롯해 수많은 상을 수상했으며, 그의 작품은 12개가 넘는 언어로 번역·출판되었다.

이자벨 프랄롱
1967년 스위스 남부 발레주에서 태어났다. 밀라노에 있는 에우로뻬오 디자인 대학에서 공부한 뒤, 제네바에 정착하여 만화가 및 일러스트레이터로 활동하고 있다. 2007년 앙굴렘 만화 페스티벌에서 신인상을 수상했으며, 2007년, 2011년, 2021년 퇴퍼상을 수상했다.

이정희
프리랜서 편집자이자 번역가. 옮긴 책으로는 『할아버지의 나무공방』『오늘부터 문자 파업』『맥거크 탐정단』『어반 우즈맨』『반둘라』『동의가 서툰 너에게』『거친 산』『마틸드』『몬스터 닥터』『북극에 야자수가 자란다고?』들이 있다.

강아름
파리 에콜 데 보자르에서 설치 미술을 공부했다. 그래픽 디자인 회사인 체조스튜디오를 운영하고 있으며, 반연간 잡지 『사물함』을 기획·출판하고 있다.

POLLY 폴리

초판 1쇄 펴낸날 2023년 12월 10일
글쓴이 파브리스 멜키오 그린이 이자벨 프랄롱 옮긴이 이정희·강아름
펴낸이 김은영 기획편집 이정희 디자인 정상철 교정·교열 선혜연 제작 세걸음
펴낸곳 목요일 등록 제406-2015-000097호
주소 경기도 파주시 회동길 363-15 전화 031)955-9660
ISBN 979-11-963430-0-2 47860

Originally published under the title:
Polly © 2021 by Editions La Joie de lire
S.A, Geneva, Switzerland, www.lajoiedelire.ch
All rights reserved.
Korean translation ©2023 by Mokyoil.
Korean translation rights arranged with Editions La Joie de lire through Orange Agency.

이 책의 한국어판 저작권은 오렌지 에이전시를 통해 Editions La Joie de lire와 독점 계약한 목요일 출판사에 있습니다.
저작권법에 따라 보호받는 저작물이므로 무단전재와 무단복제를 금합니다.